MW01700947

D'après Jim Davis

GARFIELD & Cie

C'EST LE MONDE À L'ENVERS !

© Paws. All rights reserved.
"GARFIELD TV Series" © 2008 - Dargaud-Media
D'après la série télévisée Garfield & Cie,
développée par Philippe Vidal, Robert Réa et Stève Balissat,
adaptée de la bande dessinée de Jim Davis publiée en France par Dargaud.
Une coproduction Dargaud-Media et France 3, avec
le soutien de la région Ile-de-France.
Histoire originale de Peter Berts.
www.garfield-et-cie.com

© Hachette Livre, 2010. Tous droits réservés.

Novélisation : Arnaud Huber
Conception graphique : Valérie Gibert et Philippe Sedletzki

Hachette Livre, 43 quai de Grenelle, 75015 Paris.

D'après Jim Davis

GARFIELD & Cie

C'EST LE MONDE À L'ENVERS !

hachette
JEUNESSE

LA PARESSE, ÇA CREUSE. CE N'EST DONC PAS DE SA FAUTE SI GARFIELD EST LE CHAT LE PLUS FAINÉANT ET LE PLUS GLOUTON DE L'UNIVERS. D'APRÈS LUI, IL EST AUSSI LE PLUS INTELLIGENT. LA PREUVE ? IL PARLE ! SURTOUT DE LUI. ÇA TOMBE BIEN : IL LUI ARRIVE TELLEMENT D'AVENTURES, QU'IL VALAIT MIEUX QU'IL PUISSE VOUS LES RACONTER...

MOI, GARFIELD

MA DEVISE DANS LA VIE, C'EST "MOI D'ABORD !" ON PEUT LE DIRE, JE SUIS UN GROS ÉGOÏSTE. ENFIN, DISONS QUE JE NE PENSE QU'À MANGER (DES LASAGNES) ET À DORMIR (LE PLUS LONGTEMPS POSSIBLE). POUR ENTRETENIR MON BEAU PELAGE ORANGE RAYÉ NOIR, JE FAIS AUSSI UN PEU D'EXERCICE : JE REGARDE LA TÉLÉVISION… ET MÊME SI AU FOND JE LES AIME BIEN (MAIS NE LE RÉPÉTEZ PAS, J'AI UNE RÉPUTATION DE CHAT MÉCHANT À TENIR), J'ADORE TAQUINER MON MAITRE ET SON CHIEN…

JON

CE QUE J'APPRÉCIE CHEZ MON MAÎTRE, C'EST QU'IL EST PLUTÔT CALME. CE QUE J'AIME MOINS, C'EST QU'IL N'A PAS DE PETITE AMIE. DU COUP, IL PASSE UN PEU TROP DE TEMPS À LA MAISON. IL Y A BIEN LIZ, MAIS IL FAUDRAIT QUE ÇA DEVIENNE UN PEU PLUS SÉRIEUX POUR AVOIR LA PAIX...

ODIE

SI JE SUIS LE CHAT LE PLUS INTELLIGENT AU MONDE, ODIE EST SANS AUCUN DOUTE LE CHIEN LE MOINS FUTÉ. J'EN PROFITE POUR L'EMBÊTER. QUI AIME BIEN CHÂTIE BIEN ! MAIS SON VRAI PROBLÈME, C'EST QU'IL NE SAIT PAS PARLER. DU COUP, IL PASSE SON TEMPS À FAIRE DES CÂLINS BAVEUX AVEC SA LANGUE. ET ÇA, C'EST DÉGOÛTANT.

LIZ

MON MAÎTRE, JON, EST AMOUREUX DE LIZ. C'EST NOTRE VÉTÉRINAIRE, À MOI ET À ODIE. ELLE EST SYMPA. SAUF QUAND ELLE NOUS FAIT DES PIQÛRES POUR NOS VACCINS. MAIS PARCE QU'ELLE POURRAIT ME DÉBARRASSER DE JON UN PEU PLUS SOUVENT, JE SUIS PRÊT À JOUER LES CHATS MODÈLES POUR LUI PLAIRE...

SQUEAK

LES SOURIS ET MOI, C'EST UNE LONGUE HISTOIRE. JE FAIS SEMBLANT DE LES CHASSER POUR QUE JON CONTINUE DE ME NOURRIR MAIS EN MANGER, BEURK ! MÊME PAS EN RÊVE... IL Y EN A QUAND MÊME UNE QUI VIT À LA MAISON. JE L'AI APPELÉE SQUEAK. C'EST UN BON COPAIN. ET IL EST PRESQUE AUSSI MALIN QUE MOI. J'AI DIT "PRESQUE".

CHAPITRE I

LA FIN DU MONDE

Le soleil brille dehors. J'entends même les oiseaux chanter. Jon a laissé la fenêtre du salon ouverte. Si j'étais un chat comme les autres, j'irais leur voler dans les plumes. Mais je ne suis pas n'importe quel chat. Ce n'est pas aujourd'hui que ça va changer. Et pas seulement parce que c'est trop fatigant de les chasser…

Je suis tellement bien, assis dans le fauteuil de Jon devant la télé, à manger ces nouveaux biscuits aux pépites de chocolat. Dont j'ai justement entendu parler dans une pub à la télé. J'ai beau être d'une intelligence supérieure, dès qu'il s'agit de manger, je suis terriblement influençable.

Ces gâteaux sont si délicieux que j'en ai déjà mangé cinq boîtes. Je m'en referais bien une petite maintenant… ou deux. Le problème, c'est que je n'ai pas très envie de me lever du fauteuil et de marcher jusqu'à la cuisine pour aller en rechercher.

Il me faut un serviteur totalement dévoué à ma cause, celle des paresseux professionnels, dont je suis le plus grand défenseur. Ou quelqu'un de suffisamment stupide pour m'obéir au doigt et à l'œil sans se poser de questions. J'ai ma petite idée.

— Odie !

Ah ! Il est là. Juste à mes pieds. À côté des paquets de gâteaux vides. J'étais tellement absorbé par mon inactivité que je ne l'avais même pas remarqué.

— Apporte-moi à manger ! je lui ordonne gentiment.

Odie réfléchit deux secondes. Ça doit lui paraître une éternité. Il finit par me tendre son os. En caoutchouc. Rose. J'ausculte la chose toute gluante.

— Odie, je ne mange pas d'os en caoutchouc. D'ailleurs

personne ne mange ça, lui dis-je en le lui relançant. À part toi, bien entendu…

Ça partait d'un bon sentiment. Odie qui m'offre son os en caoutchouc, j'imagine que c'est pour lui une belle preuve d'amitié et d'affection. Bof… Merci, mais non merci.

Ok, j'ai compris ! Je vais devoir y aller moi-même. Pas de chance. Cette journée avait pourtant bien commencé. Réveil à dix heures, petit-déjeuner, sieste digestive, déjeuner... Puis j'ai regardé la télé, refait une sieste, re-regardé la télé : c'était trop beau pour durer…

Je me lève tout en douceur du

fauteuil quand soudain… Que se passe-t-il ? La terre tremble ! Les meubles bougent. Les chaises se déplacent toutes seules. Le vase bleu que Liz a offert à Jon va tomber. Bon débarras. Il est affreux. Mais c'est toute la maison qui semble sur le point de s'écrouler. Catastrophe ! C'est la fin du monde et je n'ai pas eu le temps de manger une dernière part de lasagne.

Ah non ! Ça a l'air de se calmer… Quoique. Pas tout à fait on dirait. Le tremblement de terre a cessé, mais voilà qu'une tornade lumineuse sort de l'écran de la télévision. Elle est en train de m'aspirer. J'essaie

tant bien que mal de m'agripper aux accoudoirs du fauteuil, j'y enfonce mes griffes de toutes mes forces mais rien n'y fait.

— Aaaaargh ! Au secours !

CHAPITRE 2

J'HALLUCINE

Autour de moi tourbillonnent des cercles lumineux tour à tour roses, verts ou bleus. J'ai l'impression de flotter dans l'espace.

Qu'est-ce que c'est que ce truc ? Un train fantôme ? Une nouvelle attaque des lasagnes de l'espace ? Un tunnel vers le futur ? J'espère qu'on peut y manger à volonté alors…

J'aperçois au loin une forme orange. Mais… C'est moi ! Un autre chat qui me ressemble comme deux gouttes de sauce tomate en tout cas. C'est insensé cette histoire.

Au moment précis où je le croise, nous nous posons tous les deux exactement la même question en même temps.

— Mais t'es qui toi ?

C'est comme de se parler à

soi-même dans un miroir. Sauf que nous continuons notre chemin dans le tourbillon. Pas le temps de se répondre, de chercher à comprendre ce que nous faisons là : me revoilà projeté dans le salon, par terre, devant la télévision. Ouille.

Apparemment, je n'ai rien de cassé. C'était quoi ce truc ? J'ai rêvé ou bien ? Je ne crois pas m'être rendormi pourtant. C'est probablement une hallucination. Voilà ce qui arrive quand on reste trop longtemps sans manger. Il est temps de refaire le plein. Direction la cuisine ! Mon estomac crie famine.

— Aaaargh !

Vous n'allez pas me croire. Là c'est certain, j'hallucine carrément. Jon est à quatre pattes, en train de manger un bol de croquettes à même le sol. Et il…

il… il ronronne. Comme un chat. Il se lèche derrière les oreilles. Comme un chat. Oh, là, là ! ÇA, c'est bizarre. Soit il a complètement perdu la tête, soit il me joue un mauvais tour. Ce n'est pourtant pas son genre. Jon n'a aucun humour. Je ferais peut-être mieux d'aller me recoucher et quand je me réveillerai, tout sera redevenu comme avant.

— Waf, waf, waf !

Ah ! Odie qui aboie. Enfin quelque chose de normal. Voilà qui est plutôt rassurant. Mais je déchante vite…

Odie vient de déposer sous le nez de Jon un os énorme. Jon, le vrai Jon, celui que je connais depuis des années, l'aurait ramassé et serait allé jouer à « attrape nonosse » avec Odie dans le jardin.

Celui qui se tient devant mes yeux se met à feuler et envoie l'os valdinguer d'un coup de patte. Euh, de main. Oh je ne sais plus. Que quelqu'un me pince pour me réveiller !

— Salut, Garfield, j'entends Arlène m'interpeller depuis l'entrée. Je viens pour la visite médicale de Jon.

On rentre comme dans un moulin dans cette maison.

— Euh, oui, je lui réponds un peu hésitant. Il est juste là, dans la cuisine. Mais qu'est-ce que c'est que cette histoire de visite médicale ?

— Eh bien je suis venue l'examiner, poursuit Arlène en

rentrant dans la cuisine. Tu ne te rappelles pas ? Tu m'as appelée hier pour me demander de venir l'ausculter.

C'est du grand n'importe quoi. Ils se sont tous donné le mot pour me rendre dingue ma parole ? À moins que cela n'ait quelque chose à voir avec le vortex de tout à l'heure ? Cette tornade qui m'a aspiré puis recraché comme un vulgaire noyau d'olive.

Respire, Garfield, respire. Il y a forcément une explication.

CHAPITRE 3

DE L'AIR

— Tout va bien, Garfield ? me demande Arlène en cajolant Jon qui n'arrête pas de ronronner. Tu as l'air tendu. Tu as encore travaillé tard sur tes dessins cette nuit ?

— Euh… Mes dessins ? Quels dessins ?

Je n'y comprends plus rien. Arlène lève les yeux au ciel. Comme si j'avais posé une question stupide.

— À nous deux, Jon, dit-elle en sortant de sa mallette de vétérinaire un stéthoscope. Voyons un peu ce qui ne va pas.

Rien ne va plus, j'ai envie de dire. Arlène est en train de faire le travail de Liz et si je la suis bien, je suis censé faire celui de Jon. Moi ? Garfield ? Travailler ? Quand les poules auront des dents et Odie un cerveau !

Jon s'est allongé sur le dos. Arlène écoute les battements de son cœur tout en lui chatouillant le ventre.

— Mmmmmmmm. Tu as pris un peu trop de poids, lui dit-elle. Je vais devoir te mettre au régime, mon gros minou.

Régime ? Gros minou ? On croirait vraiment entendre Liz. J'ai besoin d'air. Ou d'une bonne douche froide. Ou des deux en même temps.

Je tente de m'éclipser discrètement en traversant la cuisine sur la pointe des pattes.

— Ça te dit d'aller au restaurant ce soir, Garfield ? m'interrompt Arlène. Il y a un nouveau restaurant siamois en ville. Un gourmet trois étoiles ! Et j'ai réussi à nous avoir une table…

— Un restaurant ? Euh… Oui, pourquoi pas ? C'est une bonne idée.

Trop, c'est trop. Je sors de la cuisine et fonce me plonger la tête dans la fontaine. Aaaah ! Ouf ! Je me sens mieux. Beaucoup mieux. J'ai les idées claires maintenant. C'était juste un mauvais

rêve. Tout à fait étrange c'est vrai, mais ni plus ni moins qu'un mauvais rêve.

— Salut, Garfield !

C'est un chat noir et blanc dans un quatre-quatre rouge qui vient de m'appeler. Un chat au volant d'une voiture. Même moi, Garfield, qui ne suis pas un chat comme les autres, je ne sais pas conduire.

— N'oublie pas la soirée poker de vendredi, me lance-t-il avant de démarrer en trombe.

Je crois qu'une seconde douche froide s'impose illico.

— Hey, Garfield, mon ami !

Ah ! C'est Harry. Mon pote chat de gouttière. Il vient de

chez le voisin. Mais pourquoi diable pose-t-il cette poubelle sur le trottoir ?

— Tu m'as l'air un peu à côté de tes griffes, me dit-il. N'oublie pas de sortir ta poubelle ! C'est le jour de la collecte. Allez, bonne journée !

Vous m'autorisez à tomber dans les pommes ? Juste deux secondes ? Histoire que je reprenne mes esprits ? Non parce que là, ça commence à faire beaucoup.

Une tornade qui sort de la télé, Jon qui se prend pour un chat, Arlène qui croit être son vétérinaire, un chat qui roule en quatre-quatre et un autre qui sort les poubelles au lieu de les faire, il y a de quoi se mettre à manger des légumes et à faire du sport. Autant dire qu'il faut très vite que je trouve d'où vient le problème et comment le résoudre. Allons voir ce qui se passe en ville.

CHAPITRE 4

ÇA NE S'ARRANGE PAS

J'aurais mieux fait de rester chez moi. Ce qui est en train de se passer ne s'arrête pas à Jon ou à mon voisinage : toute la ville est devenue folle.

Les murs sont recouverts d'énormes affiches publicitaires vantant les mérites d'un dentifrice pour chats. Les petits bonshommes rouge et vert des passages pour piéton sont devenus de

petits chats. Il y a des chats qui lisent le journal sur les bancs des jardins publics. Des chiens qui courent après des humains en aboyant. Des humains qui se cachent dans les buissons pour chasser les oiseaux.

Je vois des chats pousser des chariots pour aller faire leurs courses au supermarché. Je vois des chatons, aussi, qui regardent en s'extasiant des humains jouer avec des pelotes de laine dans les vitrines d'animaleries :

— T'as vu, Maman, il est trop mignon ! On le ramène à la maison, dis ?

Pareil chez Vito. C'est un chat qui prépare des pizzas pour d'autres chats. Ça devrait me rassurer de savoir que je peux encore en manger. Mais ça me fait presque mal au cœur de

voir Vito allongé par terre. Bon d'accord, avec ses grosses moustaches, il ressemble plus à un chat que Jon. Mais je n'arrive pas à y croire. Je ne comprends pas ce qui se passe. J'ai peur. Je me mets à crier dans la rue :

— À l'aiiiiide !

Tous les chats qui m'entourent me regardent de travers. Je crois qu'il vaudrait mieux que je rentre.

Sur le chemin, je n'arrête pas de réfléchir. Je me demande quel est ce monde à l'envers où les chats se comportent comme des humains et les humains comme des chats. Un peu abasourdi, je m'assois sur une poubelle. Le couvercle se soulève aussitôt. Il y

a un humain à l'intérieur. Avec une arête de poisson dans la bouche.

— De mieux en mieux, je soupire.

Je descends de la poubelle et parcours les quelques mètres qui me séparent encore de la maison. Peut-être que tout va s'arranger d'un coup.

— Ah te voilà enfin ! s'exclame

Arlène qui en sort à l'instant où je m'avance dans l'allée. L'examen de Jon est fini, dit-elle. Il a bien cinq bons kilos en trop ! Tu vas devoir le mettre à la diète pendant au moins quinze jours.

Apparemment, non, ça ne s'arrange pas.

— Pourquoi tu me regardes avec ces yeux de chien battu ? m'interroge Arlène.

Parce que je ne sais plus qui je suis, me dis-je. Un chat ? Un humain ? Les deux à la fois ? Perdu dans mes pensées, je ne réagis même pas à la sonnerie du téléphone qu'on entend soudain depuis l'intérieur. Arlène a laissé la porte ouverte.

— Tu comptes répondre ou tu vas rester planté là comme un lampadaire ? me demande Arlène.

Comme une lasagne abandonnée plutôt.

— Ouh ouh, Garfield, m'interpelle-t-elle en agitant une patte devant mes yeux. Il y a vraiment des jours où je ne te comprends pas.

Pas un mot ne sort de ma bouche. Arlène répond au téléphone.

— Allô ? Euh, oui... Je vous le passe.

Elle met sa main sur le combiné et me chuchote :

— C'est pour toi ! Ton éditeur...

Hein ? Mon éditeur ?

— Oui, allô ? je réponds.

Une voix hautaine et désagréable me casse alors les oreilles.

— J'attends toujours vos nouveaux dessins ! S'ils ne sont pas sur mon bureau demain à seize heures, menace la voix, je déchire votre contrat et vous pouvez chercher du travail ailleurs !

Et ce malotru dont je n'ai jamais entendu parler me raccroche au nez.

— Chercher du travail ailleurs ? Ça veut dire quoi au juste ? Que je dois travailler pour manger ?

— Mais bien sûr, Garfield, me dit Arlène. Comme tout le monde. Quel rêveur tu fais, me glisse-t-elle tendrement à l'oreille en posant sa patte sur ma joue.

Reviens un peu sur terre ! Et pour notre rendez-vous, c'est toi qui passes me prendre.

— Hein ?!? Ah oui ! Pour aller au restaurant siamois...

Mais c'est quoi ce monde affreux où les chats doivent travailler ? Au pire, pour ce soir, je ferai celui qui a oublié son portefeuille. Elle m'en voudra peut-être. Mais au moins, j'aurai mangé...

CHAPITRE 5

DANS UN MONDE PARALLÈLE

Odie et Jon sont devant la télé. Odie est par terre et Jon sur le fauteuil. Avec un immense saladier de pop corn à côté d'eux. Ils regardent *Les Urgences de l'Amour.* Ils font mon boulot quoi ! Ne rien faire de la journée.

J'attrape la télécommande et change de chaîne. Ce n'est pas comme s'il fallait croire tout ce

qu'ils disent à la télé, mais si je tombe sur les informations, peut-être qu'ils annonceront quelque chose ? Une épidémie de félinerie qui transforme les humains en chats ou je ne sais quoi ?

— Désolé, les amis, je m'excuse auprès de mes chanceux compagnons, moi aussi je regarderais volontiers un feuilleton télé, mais je dois trouver ce qui ne va pas dans ce monde de fous.

En zappant, je m'arrête sur « Pour de vrai », une émission stupide comme je les adore. La présentatrice, drôlement jolie avec son énorme collier de perles, a prononcé deux mots qui m'ont fait dresser l'oreille.

— Les univers parallèles. Existent-ils réellement ou ne les trouve-t-on que dans les films de science-fiction ? demande-t-elle en fixant la caméra.

Derrière moi, Jon et Odie grognent et feulent. Moi aussi je serais en colère si on changeait de chaîne sans me demander mon avis, mais je ne vais rien

entendre à ce qui se dit dans l'émission s'ils continuent.

— Ça suffit, tous les deux. Silence !

Apparemment, ils écoutent leur maître. C'est déjà ça. Univers parallèles donc ? Hmmm… C'est drôlement intéressant. La présentatrice poursuit.

— Ce soir, pour nous en parler, nous recevons le très controversé docteur en physique Albert Zingue.

C'est un chat blanc avec des lunettes et de gros sourcils violets. Et il roule les « r » comme on roule la pâte à cannellonis. Hmmm, des cannellonis…

— Voyez-vous, Clairrre, dit le docteur Zingue, toutes les conditions théorrriques sont rrréunies pour que les univerrrs parrrallèles puissent exister. Des univerrrs dans lesquels le monde évolue de différrrentes manièrrres. Il suffit de trrrouver les porrrtes interrrdimensionnelles qui nous y mènent. Et je viens justement d'inventer un appareil qui perrrmet de trrrouver ces porrrtes…

Le docteur Zingue se lève soudain du fauteuil rouge dans lequel il est assis, qui a l'air super confortable, et s'écrie :

— Et je vais prrrouver au monde l'incontestable existence de ces mondes parrrallèles !

— C'est ça ! je m'écrie moi aussi.

Je me retourne vers Jon et Odie. Ils ont tous les deux l'air interloqué. C'est pourtant bien ça ! C'est la seule explication valable depuis que j'ai terminé mon cinquième paquet de gâteaux aux pépites de chocolat. Et ça commence à remonter... J'ai l'impression de ne pas avoir mangé depuis la nuit des temps.

Donc.

Si je suis dans un monde parallèle, j'ai dû prendre une de ces portes dont parle le docteur Zingue. Et j'ai atterri dans une autre dimension.

Je comprends mieux maintenant qui est cet autre Garfield qui traversait le tourbillon dans l'autre sens. C'est mon autre moi. Celui qui travaille. Et il allait dans MON monde à moi. Bref. Tout ça c'est bien beau mais, comment je fais pour retourner dans MON monde maintenant ?

Je ne tiendrai pas un jour de plus ici.

CHAPITRE 6

MON MEILLEUR AMI EST UN GÉNIE

La porte d'entrée s'ouvre soudain. C'est pire qu'un moulin ici, c'est une épicerie ouverte vingt-quatre heures sur vingt-quatre. Arlène tout à l'heure et maintenant ce… Mais… C'est ce vieux fou que je viens de voir à la télé ! Qu'est-ce qu'il fabrique ici ? Il a l'air affolé.

— Quelle terrrible errreur ! dit-il en se prenant la tête à deux

pattes et en levant les yeux au ciel. Et en roulant les « r ». Qu'ai-je fait ? poursuit-il. Mais qu'ai-je fait ? Pauvrrre Garrrfield.

— Hey ! Docteur Zingue, je présume ? je lui demande.

En me voyant, il recule d'un pas en hurlant. Normal. Je n'ai rien mangé depuis au moins deux heures ! Je dois avoir une mine épouvantable.

— Vous êtes bien le docteur Zingue, qui vient de passer à la télé dans « Pour de vrai » ? je lui redemande.

— G-G-Garrrfield, balbutie-t-il. Tu es vivant ?

Non, je suis un fantôme déguisé en chat orange.

— C'est vrrraiment toi ? ajoute-t-il en ajustant ses lunettes et en me touchant du bout des doigts comme pour vérifier que je suis bien réel. J'avoue que je commence à en douter moi-même.

— Euh, oui oui, c'est bien moi, je lui réponds. Enfin je l'espère !

Si je n'étais plus moi, je crois que je me manquerais à moi-même.

— Quand je me regarde dans ce miroir, là, dans l'entrée, je trouve que je me ressemble beaucoup en tout cas. C'est vrai qu'en regardant les choses objectivement, j'ai le poil un peu terne après une matinée de jeûne et il est fort probable que je sois devenu fou. Ou alors c'est le monde autour de moi qui est devenu fou mais… Venons-en au fait ! Vous êtes spécialiste des univers parallèles, c'est ça ?

— Exact, me confirme-t-il. Mais ça tu le sais déjà puisque tu es mon meilleur ami.

— Wow ! Pas si vite, docteur. On ne se connaît que depuis trente secondes, je lui fais remarquer.

Et puis si c'était vraiment mon meilleur ami, il m'aurait apporté une part de lasagnes bien chaudes.

— Écoutez, j'essaie de lui expliquer, vous me croiriez si je vous disais que je ne suis pas le Garfield que vous connaissez et que je viens d'un univers parallèle où les chats sont nourris, logés et blanchis par les humains ?

— Hhh ?

Voilà une réponse de haut niveau.

— Un univerrrs parrrallèle ? finit-il par me demander.

C'est bien. Il suit. Et ma question a l'air de le rendre drôlement gai. Je dirais même qu'il est fou de joie. Il rigole, il saute, il lève les bras au ciel.

— Eurêka ! Mon invention ! s'exclame-t-il. Ça a marrrché ! J'ai

prrrouvé l'existence des univerrrs parrrallèles !

À la bonne heure.

—Je suis un génie, Garrrfield, un génie ! dit-il en me portant en triomphe et en me jetant en l'air comme si je venais de battre le record du plus gros mangeur de lasagnes.

Ce qui est tout à fait dans mes cordes. Bien plus plausible qu'un univers où les chats doivent travailler. D'ailleurs, à ce sujet…

— Ok, ok, docteur, on se calme. Si vous continuez à me secouer comme ça, je sens que mon dernier repas pourrait faire son retour, si vous voyez ce que je veux dire.

— Hum, oui, bien sûrrr, répond le docteur Zingue, apparemment calmé.

Il me repose à terre puis essaie de m'expliquer ce qui a pu se passer.

— Quand vous avez disparrru, enfin je veux dirrre quand l'autre vous a disparrru, je devais à tout prrrix vérrrifier si tu, enfin pas toi, mais l'autre Garfield était vrrraiment parti. D'où ma visite ici même à l'imprrroviste.

C'est clair comme du café noir.

— C'est bien beau tout ça, docteur. Mais si vous m'expliquiez comment MOI j'ai atterri ici ?

— Mais bien entendu, dit-il en me prenant par l'épaule. Allons à mon laboratoirrre…

Il serait temps qu'on fasse quelque chose, oui. Je ne supporte plus sa manie de rouler les « r ». Et j'ai une faim de mammouth…

CHAPITRE 7

LE MOT DE PASSE

Le docteur Albert Zingue habite au dernier étage d'un grand immeuble. Son laboratoire est un sacré capharnaüm.

Il y a plusieurs ordinateurs, un grand tableau noir couvert de formules mathématiques incompréhensibles, des boîtes de pizza vides (monsieur est un homme de goût), des tubes à essai remplis d'un liquide violet (je me disais bien que la couleur de ses sourcils n'était pas naturelle) et… un appareil étrange.

C'est une sphère verte avec au-dessus une sorte de gros tube en forme de trompette et, sur les côtés, quatre ampoules qui ressemblent à des seringues. Ça me rappelle de mauvais souvenirs. Quand Liz veut absolument me faire une piqûre. Rien que d'y

penser, j'en tremble de peur... Quoi ? Vous n'avez pas peur des piqûres, vous ?

La drôle de machine est posée sur une table, en plein milieu de la pièce.

— Voici ma derrrnière invention, dit mon meilleur ami dans ce monde.

C'est quoi au juste, un barbecue d'intérieur ?

— Voici l'Oupodi !

— L'oupo quoi ?

— L'Oupodi ! L'Ouvrrreur de Porrrte Dimensionnelle. Ce matin je t'ai invité, enfin ton autrrre toi, pourrr t'en fairrre une démonstrrration. Cette machine peut ouvrrrir des porrrtes dimensionnelles pour explorrrer des univerrrs parrrallèles !

— Super. Et comment ça marche ?

— Oh, hi hi, c'est une opérrration trrrès complexe, me répond-il en grimpant sur un tabouret pour accéder au clavier d'un ordinateur, sur lequel il se met à taper à toute vitesse.

Je remarque par terre de grosses taches de café. Il est tellement surexcité qu'à mon avis, il doit en boire des litres.

Il est maintenant debout sur son bureau. Il grimpe sur l'écran de son ordinateur, il passe derrière, tout en continuant à taper des tas de trucs sur son clavier et à m'expliquer comment marche sa drôle d'invention en forme de ballon sauteur.

— Pourrr ouvrrrir une porrrte vers un univerrrs parrrallèle, il faut tourrrner les bonnes molettes, appuyer sur les bons boutons et entrrrer en même temps dans l'orrrdinateurrr un mot de passe que je suis le seul à connaîtrrre. Il y a une chance surrr un million que quelqu'un trouve ce mot de passe par accident.

— Ah oui ? Eh bien moi je te parie un mois de lasagnes que je le trouve !

— Hi, hi, hi, ricane le docteur Zingue. Tu peux toujours essayer, dit-il, sûr de lui, en me désignant le boîtier de commande de la machine.

Je vais me gêner. À nous deux, l'Oupodi ! Et je rentre dans le boîtier 102, 0 puis 153.

Je suis peut-être connecté malgré moi avec le cerveau de mon double dessinateur de bandes dessinées, car ce sont les

proportions exactes de rouge, de vert et de bleu qu'il faut mélanger pour obtenir du violet. Dans mon monde, je n'aurais jamais su un truc pareil. Même si je les ai tout de suite trouvés louches, ces sourcils violets.

Et ça marche. Les quatre ampoules en forme de seringue de l'Oupodi se sont allumées. Le docteur Zingue n'en revient pas.

— C'est incrrroyable, s'extasie-t-il. Tu as trrrouvé le code.

— Quand il y a des lasagnes en jeu, je lui réponds, je crois que rien ne peut m'arrêter.

Maintenant que la machine s'est mise en route, son ouverture en forme de trompette projette un nouveau tourbillon de lumière multicolore au-dessus de nous, exactement comme celui qui est sorti de la télévision tout à l'heure.

— Éloigne-toi de la machine, s'égosille le docteur Zingue, VITE !

Il me fait peur à crier comme ça, celui-là. Du coup, au lieu de me laisser emporter par le tourbillon, j'essaie de m'agripper aux bords de l'ouverture de l'Oupodi. Mais la tornade est trop forte.

Bye, bye, docteur Zingue. C'est reparti pour un tour.

CHAPITRE 8

RIEN NE CHANGE

Me voilà à nouveau en train de flotter entre deux mondes. Je croise mon autre moi. Ce qui veut dire que chacun devrait rentrer chez soi.

— Ton monde est vraiment trop nul, je lui lance. Les chats y sont des esclaves. Ils doivent travailler et s'occuper des humains. C'est horrible! Je suis bien content de rentrer chez moi !

— Ton monde est tout aussi nul, me répond mon autre moi. Les chats n'y font rien de la journée à part dormir, manger et regarder la télé. Quel ennui ! J'ai hâte de rentrer à la maison !

Eh bien comme ça nous sommes deux. Nous commençons à nous éloigner l'un de l'autre. Comme je ne suis pas vache, j'en profite pour lui rappeler qu'il a des dessins à finir pour demain.

— Compris ! dit-il.

Il est de plus en plus loin. Il faut pourtant que je le prévienne :

— Et tu dois aller chercher Arlène à vingt heures, je lui crie de toutes les forces qu'il me reste après cette journée passée sans manger. Vous avez rendez-vous ce soir…

— Qu'est-ce que tu dis ?

— … au restaurant siamois.

J'ai bien peur qu'il n'ait rien entendu. Tant piiiiiis… Pouf ! Le tourbillon m'a recraché. Atterrissage direct dans le fauteuil. Qu'on est bien chez soi ! Mmmmmmm… Je suis prêt à m'endormir quand Odie saute sur l'accoudoir.

— Hé, Odie, mon brave Odie ! Je ne pensais pas être un jour aussi content de te voir.

Odie me montre sa gorge. Cet imbécile heureux a réussi à s'y coincer l'os en plastique avec lequel il voulait me nourrir tout à l'heure.

— Tourne-toi un peu pour voir, je lui demande.

Et hop ! Un bon coup de pied aux fesses et Odie est libéré. Le jouet rose qu'il pensait manger sort de son gosier et atterrit sur la moquette. S'il l'a gardé coincé toute la journée, ça risque de faire une vilaine tache : ce chien fabrique plus de salive qu'un troupeau d'escargots.

Il se retourne vers moi, le regard plein de reconnaissance.

— De rien, mon grand. Mais ne me remercie surtout pas.

Trop tard. La langue d'Odie vient de faire un aller-retour aussi affectueux que visqueux sur mon visage. Ce chien n'écoute pas ce qu'on lui dit. Ou alors il ne comprend pas ce qu'on lui dit. Je penche pour cette solution. Avec lui, l'expression

« ça rentre par une oreille et ça ressort par l'autre » prend tout son sens : entre les deux, c'est vide.

— Je t'ai pourtant bien dit que ce n'était pas la peine, Odie !

Rien ne change dans cette maison…

— Garfield, tes lasagnes sont prêtes, me prévient Jon depuis la cuisine avant de pencher la tête par la porte, tout sourire. Elles viennent juste de sortir du four.

... mais ça me convient très bien comme ça. J'adore quand une aventure se termine sur une note de gastronomie italienne. Les lasagnes, c'est toute ma vie.

Je me demande quand même comment s'en sort mon autre moi...

ÉPILOGUE

DANS L'AUTRE MONDE...

Jon et Odie regardent la télévision. Je suis assis à la table du salon, en train de finir mes dessins : ah, que c'est bon de se remettre au travail. Quand je pense à cet autre monde où mon autre moi reste assis toute la journée à ne rien faire, brrrr ! J'en ai le poil qui frissonne d'ennui.

— Comment as-tu osé me

poser un lapin ? m'agresse brusquement Arlène qui déboule dans le salon comme une furie. Tu sais combien de fois j'ai dû appeler pour réussir à nous avoir une table dans ce restaurant ? Nous n'en aurons pas d'autre avant au moins six mois !

— Un restaurant ? Mais de quel restaurant tu me parles ?

— Ne te moque pas de moi en

plus, Garfield ! Je ne suis vraiment pas d'humeur !

Mais bien sûr ! C'est probablement ce que cherchait à me dire mon fainéant d'autre moi quand nous sommes sortis du tourbillon : qu'Arlène et moi avions rendez-vous ce soir.

— Je peux tout t'expliquer, Arlène. Tu te rappelles de mon ami le docteur Albert Zingue ?

À voir ses jolis sourcils méchamment froncés, on dirait que non.

— Il est passé à la télé aujourd'hui, dans l'émission « Pour de vrai ». Tu sais ? Avec cette charmante présenta... Enfin, euh...

— Tu t'enfonces, Garfield.

J'ai autre chose à faire que de regarder des bêtises à la télé. Comme par exemple d'attendre comme une idiote que tu viennes me chercher.

Je crois que c'est un philtre d'amour qu'Albert va devoir inventer pour moi. Ou un appareil qui efface la mémoire. Son satané Oupodi ne m'apporte que des ennuis.

— Bon, eh bien ce docteur Zingue, mon ami, j'essaie malgré tout de me justifier, a inventé une machine appelée l'Oupodi, l'Ouvreur de Porte Dimensionnelle, et j'ai été aspiré par accident dans l'une de ces portes. Là j'ai atterri dans un monde

parallèle identique au nôtre sauf que là-bas, tu n'imagineras jamais à quel point ça peut être affreux : les chats ne travaillent pas.

— Tu crois vraiment que je suis assez stupide pour croire à une histoire aussi absurde ? hurle Arlène.

— Euh, tu ne crois même pas à l'existence d'autres mondes ?

je demande comme si de rien n'était, en sortant un bouquet de fleurs du vase qui était posé sur la table et que j'avais mis par terre pour travailler.

— Tu crois que tu vas réussir à m'amadouer avec ce vieux bouquet de fleurs à moitié fané ? Oh mais ça ne va pas se passer comme ça, Garfield, dit Arlène qui me lance des livres dans la figure. Tu me le paieras, ajoute-t-elle. C'est moi qui te le dis...

Vous savez quoi ? Je me demande si je ne vais pas prendre des vacances dans l'autre monde, moi. Il n'est peut-être pas si nul que ça après tout...

FIN

ENCORE UNE ENVIE DE LASAGNES ?

TOURNE VITE LA PAGE POUR RETROUVER GARFIELD !

GARFIELD
REVIENT BIENTÔT DANS UNE NOUVELLE AVENTURE :
PIZZAS EN DANGER !

Catastrophe ! Mon pizzaïolo adoré, Vito, va fermer boutique : des concurrents lui volent tous ses clients… Alors que leurs pizzas ont un horrible goût de caoutchouc ! Pour Vito (et pour le bien-être de mon estomac), je dois sauver la pizzeria !

POUR CONNAITRE LA DATE DE PARUTION DE CE TOME, INSCRIS-TOI À LA NEWSLETTER DU SITE :

WWW.BIBLIOTHEQUEROSE.COM

TU AS DÉVORÉ TOUTES LES AVENTURES DE **GARFIELD** ?

L'ATTAQUE DES LASAGNES

ODIE EST AMOUREUX

france 3 france 5
GARFIELD
CHAMPION DU RIRE
Retrouve les aventures hilarantes de Garfield
dans ce nouveau film en 3D !
TON CADEAU
le super ballon
Garfield !
GARFIELD
CHAMPION DU RIRE
DISPONIBLE EN DVD
Pour tout savoir : www.boutique.francetv.com
0 825 05 55 55 (0,15€/min)
francetélévisions
distribution
STEALTH
MEDIA GROUP
monludo.fr
Komakino © 2008 PAWS Incorporated. All Rights Reserved. © 2010 Edition vidéo France Télévisions Distribution.

GARFIELD
& Cie
RETROUVE VITE SES NOUVELLES AVENTURES
EN DVD ET BLU-RAY !
SOURIEZ !
LASAGNE et CASTAGNE
CHAT PERCHÉ
RAZZIA SUR LA PIZZA
CHAT VA ÊTRE
CHOUETTE !
4 DVD ET 1 BLU-RAY
SUPER POILANTS !!!
CHAT PERCHÉ
www.citelvideo.com
Citel
VIDEO
DVD
VIDEO
Blu-ray Disc
© Paws. All rights reserved. «GARFIELD TV Series» © 2008 - Dargaud-Media. Avec le soutien de la Région Ile de France
îledeFrance

TABLE

« Pour l'éditeur, le principe est d'utiliser des papiers composés de fibres naturelles, renouvelables, recyclables et fabriquées à partir de bois issus de forêts qui adoptent un système d'aménagement durable. En outre, l'éditeur attend de ses fournisseurs de papier qu'ils s'inscrivent dans une démarche de certification environnementale reconnue. »

Imprimé en France par Jean Lamour - Groupe Qualibris
Dépôt légal : juillet 2010
20.20.2058.4/01 ISBN : 978-2-01-202058-0
Loi n° 49956 du 16 juillet 1949
sur les publications destinées à la jeunesse